L'AMOUR ET L'INNOCENCE,

COMÉDIE LYRIQUE,

EN VERS ET EN UN ACTE.

À AMSTERDAM,

Et se trouve à PARIS,

Chez la Veuve DUCHESNE, Libraire rue Saint Jacques, au-dessous de la Fontaine Saint Benoît, au Temple du Goût.

M. DCC. LXVIII.

AVERTISSEMENT.

Annoncer que cet Ouvrage est l'essai d'un jeune homme de dix-huit ans, c'est avancer qu'il a besoin d'indulgence. Y reconnaître beaucoup de négligences, ce n'est pas les réparer. Tout cela est vrai, & l'Auteur en convient.

PERSONNAGES.

VENUS.

L'AMOUR.

L'INNOCENCE.

EUPHROSINE.

ÉGLÉ.

L'AMOUR ET L'INNOCENCE,

COMÉDIE LYRIQUE.

SCENE PREMIERE.

VENUS, L'AMOUR, EUPHROSINE.

VENUS.

AMOUR, je vous amene en des lieux inconnus.
Avant que de Pallas le retour nous surprenne,
Servez votre gloire & la mienne.
Cet instant vous promet un triomphe de plus.

L'AMOUR.

Ces lieux seront bientôt soumis à ma puissance,
Et la Beauté satisfaite en ce jour;
Quand on l'outrage, sa vengeance
Est toujours bien dans les mains de l'Amour.

VENUS.

Oui, mais sur-tout . . . .

L'AMOUR.

Ne craignez rien :

Je vais reconnaître ce gîte ;
On dit que l'objet qui l'habite
Est plein de graces ; c'est mon bien.

L'Amour vâ du côté de la grotte de l'Innocence, & se promene dans les bosquets.

SCENE II.

VENUS EUPHROSINE.

VENUS.

TU vois ce séjour odieux ;
C'est là que de Pallas la vaine prévoyance,
Euphrosine, loin de mes yeux,
De sa fille éleve l'enfance ;
C'est là, c'est en ce jour, qu'il faut tirer vengeance,
Et d'elle-même, & des Dieux.

EUPHROSINE.

Quel si grand intérêt en ces lieux vous amene ?
La cause de votre haine
Fut pour moi toujours un secret,
Vous le sçavez . . . .

VENUS.

C'est à regret ;

Je le devais à ma mémoire;
Quand je doutais de me venger,
Il importait trop à ma gloire,
Euphrosine, de le cacher.
Mais ne me fais plus ce reproche,
Je vais contenter ton desir;
L'outrage est prêt à finir,
On le confie avec plaisir,
Si-tôt que la vengeance approche.
Lorsque Pallas, esclave de l'Amour,
Eut mis l'Innocence au jour,
Cet objet, de la sagesse,
Excita les plus tendres soins;
Sur son sort, cette Déesse
Voulut consulter les destins.
Voici quelle fut leur réponse:
Minerve, rassurez-vous;
Le décret du sort vous annonce
Le présage le plus doux.
Cet Enfant sçaura l'art de plaire;
La simple vérité marchera sur ses pas:
Elle aura même des appas
Que ne possede pas la Reine de Cyhere;
Et parmi ces objets, ces êtres éternels
Qui reçoivent les vœux des timides mortels,
Auxquels le sang des Dieux, en donnant la naissance,
A donné l'immortalité,

On pourra voir ſouvent les traits de la beauté,
Preſque jamais les traits de l'innocence.
Juge de mon dépit... des maux que j'ai ſoufferts...
Tu vois mon deshonneur, connais mon eſpérance;
De cet oracle apprens les derniers vers :
Ils renferment un ſens propice à ma vengeance.
Minerve, malgré ſa ſcience,
Eſſaya vainement d'en percer le détour.
Et ſi du Dieu des cœurs vous redoutez les charmes;
Votre fille, Pallas déſarmera l'amour;
Mais elle a tout à craindre de ſes armes.

EUPHROSINE.

Cet oracle eſt obſcur, mais ſi je l'ai compris,
Son ſens renferme ici quelques ſecrettes trames;
L'Innocence, belle Cypris,
Doit...

VENUS.

Je vois le péril où j'expoſe mon fils;
Mais en le déſarmant elle répand des larmes,
Mais je me venge, & mes vœux ſont remplis.
L'Amour s'avance, il ſoupire;
L'Innocence le ſuit de près:
Tout pour mon bonheur conſpire,
Sous cette grotte allons voir le ſuccès.

SCENE

SCENE III.

L'AMOUR ſeul, *regardant l'Innocence qui s'avance dans l'éloignement.*

AH! la voici ſans doute.... qu'elle eſt belle!
Quel air ingenu dans ſes pas!
Ses traits, ſes yeux, ſon embarras,
Tout charme, tout ravit chez elle.
Si je parais, je vais la faire fuir;
Eloignons nous. (*Il ſe cache derriere un arbre.*)

SCENE IV.

L'AMOUR *caché*, L'INNOCENCE, EGLÉ.

L'INNOCENCE.

(*Elle eſſaie d'attraper un papillon.*)

ÉGLÉ, viens donc voir comme il vole;
Que je voudrois bien le tenir!

L'AMOUR.

Quels doux accens! quelle parole!

L'INNOCENCE *en attrapant le papillon.*

Je le tiens... qu'il eſt beau! Je m'en vais le garder.
Cher papillon, ceſſe d'appréhender,
Avec moi tu n'as rien à craindre,
Ton ſort ſera toujours heureux,
Jamais tu n'auras à te plaindre;

Mais vois-le donc, ma chere Églé,
Agiter ſon aîle volage ;
Que déſire-t'il davantage ?

EGLÉ.

Il demande ſa liberté.

L'INNOCENCE.

La perte en eſt donc bien cruelle?

EGLÉ.

On le dit ; moi, je n'en ſçais rien.

L'INNOCENCE.

Il faut que ce ſoit un grand bien,
puiſqu'on ſoupire tant pour elle.
Son ſort me fait verſer des pleurs ;
Je me reprocherais de cauſer ſa miſere ;
Puiſque ta liberté t'eſt chere,
Révole, papillon, jouir de ſes douceurs.
Comme ſon aîle ſatisfaite
Voltige en s'éloignant.... pourtant je le regrette.
Dédommageons-nous ſur les fleurs ;
Admire, Églé, ces couleurs,
J'en veux faire ma parure.

L'AMOUR.

Elle a raiſon, ſon plus bel ornement
doit être pris dans la nature ;
Mais ne manquons pas ce moment ;
Il me fournit une heureuſe eſpérance ;
Cueillons des fleurs en ce détour,

Et que Flore au moins en ce jour,
Pour embellir l'Innocence,
Se ſerve des mains de l'Amour.
(*L'Amour lui offre des fleurs qu'il a cueillies.*)

L'INNOCENCE.

Ah! que vois-je! Eglé, fuyons vîte.

L'AMOUR.

Arrêtez: elle m'évite.

SCENE V.

L'AMOUR *ſeul.*

LA vérité prend pour trône ſon cœur;
Et pour oracle ſa bouche:
Que ſa ſimplicité me touche!
Que ce triomphe m'eſt flatteur! . . .
Pourquoi l'ai-je donc ménagée?
Pourquoi n'eſt-elle pas à préſent ſous mes loix?
N'avais-je pas mes fleches, mon carquois?
Oui.... mais ma main n'était pas aſſurée....
De tout cela que faut-il que je penſe?
Me ſerais-je brûlé moi-même à mon flambeau?
Dans le ſéjour de l'Innocence
Ah! que n'avais-je mon bandeau!
Oui, j'aime... je le ſens... Oh ciel! que va t'on dire!
(*Après quelque réflexion.*)
De tels feux ne me font qu'honneur;

Le Dieu puissant qui les inspire
Est fait pour en sentir l'ardeur :
Ce n'est pas tout d'aimer, il faut encore
Etre payé d'un semblable retour ;
Il faut que l'Innocence au moins sente à son tour
La flamme qu'elle fait éclore.
Trop imprudent Amour, si tu soumets ton cœur,
Si toi-même es vaincu... deviens au moins vainqueur.
Elle a bientôt pris la fuite...
J'ai lu la crainte dans ses yeux...
Elle me craignait donc... tant mieux :
Je suis sûr de la réussite ;
Voilà pour moi le plus heureux espoir :
Amour, ta victoire est prête ;
L'instant où l'on craint ton pouvoir,
Fait éclore toujours l'instant de ta conquête.
D'ailleurs elle m'a vu... oh ! bon, elle est à moi :
Sûrement elle va paroître ;
Qui m'a vu veut me connoître ;
Ses yeux en me quittant se sont...mais je la voi...
Elle est si simple, elle pourroit peut être,
En me voyant encor s'enfuir :
Au pied de ce jeune hêtre
Faisons semblant de dormir ;
Elle paroîtra sans contrainte.
Elle approche... helas... quel soupir !
On ne peut être amant sans désir & sans crainte.

SCENE VI.

L'AMOUR, *couché au pied de l'arbre*, L'INNOCENCE, EGLÉ.

EGLÉ.

JE crois que c'eſt d'ici que je l'ai vu ſortir.

L'INNOCENCE.

Non, non il était là, te dis-je;
Quand j'y devrais paſſer le jour,
Je veux le retrouver . . . que ſon départ m'afflige!
Si je pouvais le rattraper,
Ma joie, Eglé, ſerait parfaite.
J'eſſayrais de l'apprivoiſer,
Et j'y réuſſirais . . . Moineau, Serain, Fauvette,
Tous nos amuſemens ne me feraient plus rien,
Il ferait mon unique bien;
L'un à l'autre attachés comme deux Tourterelles;
Nous.... ah que ce ſéjour avec lui ferait beau!....
Mais quel eſt cet être nouveau?
Je crois qu'il avoit des aîles;

EGLÉ.

Oui.

L'INNOCENCE *avec douleur.*

Chere Eglé, c'eſt un oiſeau.
J'ai tout perdu, je n'ai plus que mes larmes;
Ailleurs il eſt allé s'amuſer, voltiger;

Peut-on être ſi léger,
Quand on poſſéde tant de charmes.

EGLÉ.

Je crois que je le vois.... oui, c'eſt lui.... le voici.

L'INNOCENCE *étonnée.*

C'eſt lui?....

EGLÉ.

Oui c'eſt lui.

L'INNOCENCE.

C'eſt lui-même.
Je ſuis dans une crainte extrême....
Eglé, ſortons vîte d'ici.

EGLÉ.

Vous vouliez l'attraper;

L'INNOCENCE.

Ma chere ſœur je n'oſe.
Il n'a pourtant pas l'air méchant;
Quand on paraît ſi bon, il en eſt quelque choſe.
Regarde, ce n'eſt qu'un enfant.

EGLÉ.

Il dort, nous n'avons rien à craindre.
Approchons, nous pouvons le voir tranquillement.

L'INNOCENCE.

Gardons de l'éveiller ſur-tout... peut-on ſe peindre
Au monde rien de ſi charmant;
S'il était fait pour cauſer du tourment,
Il faudrait qu'il ſçut bien feindre.

Non je ne peux pas croire... ah qu'eſt-ce que je vois!

EGLÉ.

Innocence, c'eſt un carquois!....

L'INNOCENCE.

A ſon côté des fléches ſuſpendues!...

Sauvons-nous nous ſommes perdues;

Il tient un arc en ſa main;

Craignons le pouvoir de ſes armes.

EGLÉ.

Ciel, un Enfant ſe plaît dans les allarmes!

L'INNOCENCE *en s'en allant, & regardant l'Amour.*

Son air encor dément cet inhumain.

(*Elles ſe retirent dans le fond du théatre, & tournent de tems en temps la tête du côté de l'Amour*)

L'AMOUR.

Maudit carquois! quel contre-tems funeſte!

Elles s'en vont.... conſolons-nous au reſte;

Elles reviendront ſur leurs pas.

Continuons mon ſtratagême.

L'INNOCENCE *en retournant.*

Tiens, ma ſœur il a tant d'appas,

Que malgré ſes armes je l'aime.

Si nous pouvions.... ſes traits me font frémir!

EGLÉ.

Eh quoi?

L'INNOCENCE.

Si nous pouvions... non, ma ſœur, il faut fuir.

EGLÉ.

Si nous pouvions? enfin dites donc quelque chose?

L'INNOCENCE.

Doucement, tandis qu'il repose,
Si nous pouvions les lui ravir.
Ce coup fait, (je le sçais, c'est un peu téméraire;)
N'importe, ce coup fait, nous ne craindrions rien.
Il ne pourrait plus que nous plaire.
M'entends-tu?

EGLÉ.

Je vous entends bien.

L'INNOCENCE.

Qu'en penses-tu?

EGLÉ.

Ce coup n'est pas facile à faire.

L'INNOCENCE.

En allant, Eglé, pas-à-pas;
En nous entendant bien ensemble, sans rien dire;
Sans nous parler même tout bas,
Il dort profondement, tu vois comme il soupire;
En avançant toutes deux à la fois,
Un ruban seul attache son carquois,
J'ai mes ciseaux qui feraient le miracle;
Comment tient-il son arc, il est prêt à tomber;
Nous pourrions aisément l'ôter.
Notre frayeur est le plus grand obstacle;
Si nous la pouvions vaincre... Eglé, tiens, je me sens

A

A préſent pleine de courage;
Un certain feu brûle mes ſens. . .
Veux-tu commencer notre ouvrage?

EGLÉ.

Vous le voulez, j'y conſens,
Peut-on vous réſiſter; mais voyez, Innocence,
Le danger. . . . je tremble. . . .

L'INNOCENCE.

Silence.

(*L'Innocence va couper le ruban qui attache le carquois de l'Amour; pendant qu'Eglé lui prend ſon arc.*)

As-tu ſon arc, Eglé?

EGLÉ.

Oui.

L'INNOCENCE.

Moi, j'ai pris ſes traits;
N'avons-nous pas le plus heureux ſuccès?

(*L'innocence paraît tout-à-coup inquiéte.*)

EGLÉ.

Qu'avez-vous?

L'INNOCENCE.

Une autre penſée
Me tient encore autant embarraſſée.

EGLÉ.

Quoi?

L'INNOCENCE.

Nous n'avons rien fait, il peut nous échapper;

Il a, ma sœur, il a ses ailes;
Si nous pouvions le priver d'elles,
Il ne pourrait plus nous quitter.
Je veux encor tenter

EGLÉ.

Vous....

L'INNOCENCE.

Suis-moi, si tu l'oses;
Le danger céde à l'espoir;
J'ai trop de plaisir à l'avoir,
Pour n'y pas risquer quelques choses.
Les voici: courons tout cacher,
Et nous viendrons aussi-tôt le chercher.

SCENE VII.

L'AMOUR *seul.*

CECI passe le badinage;
Me laisser enlever mes traits & mon plumage!
Amour, que deviendront tes temples, tes honneurs?
Tu ne peux plus blesser de cœurs,
Ni même devenir volage.
Mais à quoi te servent tes traits?
Tes blessures les plus cruelles
Se font avec les seuls attraits;
Et pour la perte de tes aîles,
Amour, tu dois t'en consoler;

Toi volage, pour quelles Belles?
Où trouverais-tu les modeles
De la Beauté qui vient de les voler?
Un ſeul objet doit être ton vainqueur,
C'eſt l'Innocence, & cet honneur ſuprême,
Ce talent d'inſpirer l'amour à l'amour-même,
Eſt l'heureux prix de ſa candeur.
Je l'apperçois qui s'avance;
Feignons encore de dormir,
Un tel ſommeil donne trop de plaiſir;
Jouiſſons des douceurs d'un inſtant de ſilence,
Pour mieux goûter celui qui va me découvrir.
(*Il ſe couche au pied du même arbre.*)

SCENE VIII.

L'AMOUR *couché*, L'INNOCENCE, EGLÉ,

L'INNOCENCE.

Il dort encor . . . de ce feuillage
Faiſons-lui, ma ſœur, un ombrage;
Il pourrait du ſoleil reſſentir les chaleurs,
Je vais le parer de mes fleurs,
De mon cœur que ce ſoit le gage.

(*Tandis qu'Eglé va chercher quelques branches, l'Innocence pare l'Amour de ſes fleurs, tourne autour de lui, l'examine, lui prend les mains; dans ce moment l'Amour ſaiſit les ſiennes. Eglé qui voit l'Amour éveillé, jette les branches & s'enfuit.*)

EGLÉ.

Fuyons !

L'INNOCENCE.

Fuyons !

L'AMOUR *tenant toujours l'Innocence.*

Eh ! pourquoi me quitter?
Que craignez-vous?

L'INNOCENCE.

Qu'appréhender !
Quelle douceur ſur ſon viſage !

L'AMOUR.

On dirait que je vous fais peur
Ai-je donc un air ſi ſauvage !

L'INNOCENCE.

Plus je le vois, & plus mon cœur
Prend plaiſir à ſon langage.
Ne me ferez-vous point de mal?

L'AMOUR.

Y penſez-vous? moi, vous en faire.

L'INNOCENCE.

Vous ne paraiſſez pas un méchant animal.
Je vais reſter... ſur-tout ſoyez ſincere,
Qu'êtes-vous?

L'AMOUR.

Quelle queſtion!
Elle va fuir, ſi je lui dis mon nom.
Ce que je ſuis....

L'INNOCENCE.

Pourquoi me faire attendre?

L'AMOUR *embarrassé.*

Auparavant de vous l'apprendre,
Je veux sçavoir ce que vous êtes, vous.

L'INNOCENCE.

Volontiers, je suis l'Innocence.

L'AMOUR.

Entre nous deux, je vois fort peu de différence.

L'INNOCENCE

Eh! comment nous ressemblons-nous?

L'AMOUR.

Plus que vous ne croyez peut-être.

L'INNOCENCE.

Mon cœur en seroit satisfait.

L'AMOUR.

Ce que vous êtes en effet,
Moi je parais très-souvent l'être.

L'INNOCENCE.

Je suis fille d'une Déesse;

L'AMOUR.

Je suis aussi le fils d'une Divinité.

L'INNOCENCE.

J'ai pour mere la Sagesse;

L'AMOUR.

Et moi pour mere la Beauté.

L'INNOCENCE.

Qu'êtes-vous donc enfin, votre nom, votre espece?

L'AMOUR.

Usons un peu de finesse.
Je suis un immortel, j'expire très-souvent.
Je suis un Dieu de très-courte durée;
Si vous me voyez un enfant,
C'est que je nais & meurs chaque journée.

L'INNOCENCE.

Quoi vous mourez! juste Ciel! quel malheur!
Quoi vous mourez.... quelle mélancholie
va succéder à la douceur,
dont mon ame s'étoit nourrie!
Si vous pouviez un jour au moins ne pas mourir,
Ah! ne mourez pas, je vous prie.

L'AMOUR.

Non, non, ne craignez rien; la vie
M'est trop flatteuse ici pour la finir.

L'INNOCENCE.

Votre nom?

L'AMOUR.

Mon nom, j'en ai mille;
Je n'en ai point, pour parler bien;
Car j'en ai tant, qu'il feroit difficile
De vous en nommer un certain.

L'INNOCENCE.

Mais encor....

L'AMOUR.

Mais.... les uns me donnent
Quelquefois le nom de plaiſir ;
D'autres, plus délicats, me nomment...
(*Vivement.*)
Par exemple avec vous je m'appelle Déſir.

L'INNOCENCE.

Deſir,

L'AMOUR.

Oui.

L'INNOCENCE.

Ce nom m'enchante !
Pour vous il ſemble être trouvé.
Deſir... ſouvent, je crois, vous êtes déſiré !
C'eſt la façon la plus charmante
De vous nommer.

L'AMOUR.

Oui, je ſens
Qu'avec ce nom, j'ai beaucoup d'agrémens ;
Et quelques-uns par-ci par-là le vantent ;
Mais, même en le vantant, peu de gens s'en contentent ;
Et je verrais, à ne vous point mentir,
Tous mes charmes s'évanouir,
Tous mes Favoris diſparaître,
Si content de le faire naître,
Je m'en tenais au ſeul nom de Deſir.

L'INNOCENCE.

Je pense autrement, je vous jure;
Et le desir de vous avoir toujours
Fait à présent, de mes jours,
La félicité la plus pure.

L'AMOUR *à part.*

Quels sentimens je viens de découvrir!
(*Haut.*)
Mais après le désir que quelque objet nous cause;
Il nous reste encor quelque chose,
Ce quelque chose, on l'appelle jouir.
Ecoutez-moi : lorsqu'une rose
Flatte vos yeux, votre main se dispose
Aussi-tôt à la cueillir;
Si vous n'en jouissez, vous n'êtes pas contente;
La jouissance est le plaisir,
Le désir n'en est que l'attente.

L'INNOCENCE.

Vous persuadez aisément;
Je sens bien à présent moi-même;
Que si je perdais ce que j'aime,
Mon desir feroit mon tourment.
Lorsque l'on vous posséde on est donc bien content?

L'AMOUR.

On goûte le bonheur suprême.
On ne rencontre mes douceurs
Que dans les bras de la nature;

Ce

Ce n'eſt qu'un cœur ſans impoſture,
Qui donne & reçoit mes faveurs :
Moi ſeul je peux le ſatisfaire ;
Le but de tous mes ſoins eſt de plaire à mon tour,
A la Beauté qui ſçait me plaire.

L'INNOCENCE.

Oh, vous n'êtes-donc pas l'Amour.

L'AMOUR.

Moi l'Amour... ah, ſoyez bien ſure du contraire.

L'INNOCENCE.

Mais en effet, plus je vous conſidere,
Et moins je vois que vous lui reſſemblez.
Ma mere en m'en parlant m'a toujours dit: tremblez!
C'eſt un tyran cruel.... & vous êtes ſi tendre!
Il eſt plein d'artifice.... & vous n'en avez pas.
Le chagrin marche ſur ſes pas,
Le plaiſir près de vous ſemble toujours ſe rendre.
Avec lui l'on ne doit attendre
Que des ſoupirs & des regrets ;
Quelquefois, il eſt vrai, près de vous je ſoupire ;
Mais par un mouvement que je ne puis décrire,
Dans ces ſoupirs je trouve des attraits.
Je ſuis moins gaie.... & ſuis plus ſatisfaite.
Un certain feu me trouble... m'inquiéte!..
Mais ce trouble eſt plein de douceur.
Oh, ce n'eſt pas ainſi que l'on ſent le malheur ;
Mon cœur le dit aſſez.

L'AMOUR.

Croyez-en votre cœur.

L'INNOCENCE *à part.*

Lui, l'Amour! s'il l'était, aurais-je, sans défense,
Pu, pendant qu'il dormait, lui derober ses traits?
Ah, quelle erreur, quand j'y pense,
L'Amour, dit-on, ne dort jamais.
Vous n'êtes point l'Amour, non, j'en suis sure, mais
Sur un sujet daignez me satisfaire.

L'AMOUR.

De ma sincerité reposez-vous sur moi.

L'INNOCENCE.

Vous aviez des aîles, pourquoi?
Qu'en faisiez-vous? dites-le sans mystere.
Ce point me cause quelque ennui;
On m'a dépeint l'Amour avec un tel plumage;
Ayant des aîles comme lui,
Comme lui, seriez-vous volage?

L'AMOUR.

Serais-je avec vous, aujourd'hui,
Si je ne m'étais servi d'elles?

L'INNOCENCE.

Oui, je dois leur en sçavoir gré.
Mais, cependant avant de m'avoir rencontré,
Vous voliez.

L'AMOUR.

Il est vrai, j'allais de belle en belles.

L'INNOCENCE.

Vous étiez donc volage, enfin?

L'AMOUR.

Point du tout; on n'eſt point volage
Quand on ne s'attache à rien;
Pour l'être, il faut quitter quelqu'un qui nous engage.
Si je voltigais, en effet,
C'étoit pour me fixer; cet ennuyeux plumage
Etait un poids pour moi; je cherchais quelque objet
Qui méritât que j'en fiſſe l'hommage.

L'INNOCENCE.

Ainſi que moi pourquoi n'a-t'on pas fait?
Pendant que vous dormiez il fallait vous le prendre.

L'AMOUR.

L'art qui cherchait à me ſurprendre,
Me réveillait toujours avant d'y parvenir.
Le ſort avoit donné le droit de m'obtenir,
A la nature toute nue;
Peut-on ſe défier d'une Nymphe ingénue?
Sa ſimplicité, ſa candeur,
Ne nous préſente que des charmes:
Elle n'a que ſes yeux pour armes,
Et l'on n'oppoſe que ſon cœur.

L'INNOCENCE.

Tout ce qu'il dit eſt charmant!
Si c'était là l'Amour, auroit-il ce langage?
Déſir, ſur votre plumage,

Vous m'avez à la fin rendu l'esprit content ;
Mais avez-vous toujours cet air si doux, si tendre ?

L'AMOUR.

Oui.

L'INNOCENCE.

Quoi, jamais vous ne changez ?

L'AMOUR.

Jamais.

L'INNOCENCE.

Je vous attendais là, je voulais vous y prendre.
Pourquoi donc avez-vous des traits ?

L'AMOUR.

Ah, ne craignez pas leur puissance ;
Soyez en pleine assurance,
Mes traits ne sont pas dangereux ;
C'est un ornement.

L'INNOCENCE.

A mes yeux
Cet ornement ne sçait point plaire ;
Avec cet air doucereux,
Tenez, cela ne va gueres :
Quittez ces fleches, ce carquois.
Au moins vous en sçavez l'usage,
Qu'en faites-vous ?

L'AMOUR.

Mon badinage ;
Je m'en amuse quelquefois.

L'INNOCENCE

Après cela, pauvre Innocence, tremble.
Que j'étais bonne! eh bien, j'en craignais le danger.
Attendez, je vais les chercher;
Nous en badinerons ensemble.
(*Elle va chercher les traits de l'Amour, qu'elle a cachés derriere un arbre, & dit en les regardant.*)
Oh je veux bien l'en croire, ils sont pour sa parure.
Quels traits! eh pourraient-ils causer
Même la moindre égratignure!
De ces fleches, Desir, vous sçavez vous servir;
Apprenez-moi comme vous faites.

L'AMOUR.

Volontiers: vos deux mains.

L'INNOCENCE.

Tenez les voilà prêtes:
Ah, que je vais me divertir!

L'AMOUR.

Fort bien, prenez cet arc de l'une,
Et de l'autre l'un de ces traits:
(*En montrant les deux bouts de l'arc.*)
Ces deux extrêmités, vous les voyez?

L'INNOCENCE.

Après.

L'AMOUR.

Tendez la corde sur chacune;

De votre fleche appuyez-y le bout.

L'INNOCENCE *très-vivement.*

Oh c'en eſt aſſez, je vois tout ;
Et puis après cela l'on tire.

(Elle tire l'arc.)

L'AMOUR.

Préciſement.

L'INNOCENCE.

(L'arc tourne entre les mains de l'Innocence, & au lieu de tirer en l'air, elle ſe bleſſe elle-même.)

Ah j'expire !...

(Elle tombe entre les bras de l'Amour.)

SCENE IX.

MINERVE, L'AMOUR, L'INNOCENCE, EGLÉ.

MINERVE.

Ah ma fille !...

EGLÉ.

Ah ma ſœur !

MINERVE.

Dans les bras de l'Amour !

EGLÉ.

Lui, l'Amour ?

MINERVE.

Oui, lui-même.
Eh depuis quand l'Amour en ce ſéjour ?

L'AMOUR

Cessez de vous troubler, Pallas; depuis qu'il aime.

MINERVE.

Ouvre les yeux, ma fille, & reconnais ma voix.

L'INNOCENCE *se relevant des bras de l'Amour.*

Où suis-je, ô Ciel! (*à Minerve*) est-ce vous que je vois?
Je n'ose plus lever les yeux sur vous.... ma mere....
Quel combat dans mon cœur... ou plutôt quel flambeau
De mes yeux brûle le bandeau;
En revoyant la lumiere,
Tout pour moi naît & reparaît nouveau:
Expliquez-moi le feu qui me devore?

MINERVE.

Ma fille, qu'as-tu fait?

L'INNOCENCE.

Moi-même je l'ignore.
Je n'ai rien fait, & pourtant je rougis.
(*à l'Amour.*)
Vous m'avez donc trompé?

MINERVE.

Vien, vien, tu me fléchis.
Va, tu n'es pas la seule qu'il abuse;
Ce perfide rempli de ruse,
Qui te plaît, c'est l'Amour, n'en attends nul retour.

L'INNOCENCE.

Quoi, c'est donc lui que l'on appelle Amour!

Cet Enfant, qui de ſon âge,
A l'air naïf & la candeur,
Dont le regard timide & le tendre langage
N'annoncent que la douceur,
N'inſpirent que la confiance;
Qui, lui-même ſans défiance,
S'endort dans la ſécurité,
Et lorſqu'il perd ſa liberté,
N'a qu'un ſoupir pour ſa défenſe;
C'eſt l'Amour, c'eſt ce Dieu ſi craint...
Ce Dieu de remords & de larmes...
Eſt-ce ainſi que vous l'aviez peint?
En voulant me cacher ſes charmes,
Vous m'avez derobé ſes traits;
Et mes regards trompés & ſatisfaits,
En l'admirant ont oublié ſes armes.

SCENE DERNIERE.

LES ACTEURS PRÉCÉDENS, VENUS.

VENUS.

J'AI trop long-temps joui de ma vengeance.
(*à Minerve.*)
Ceſſez de vous en prendre à l'Amour, c'eſt à moi;
Venus ſeule a cauſé le mal à l'Innocence.
Du deſtin vous ſçavez la loi;
Vous ſçavez quelle jalouſie,

Entre

Entre nous deux, a produit ce décret.
(*en montrant l'Innocence.*)
La perdre, & me venger, c'était ma ſeule envie.
Pour en venir à bout, que n'aurais-je pas fait.
Les derniers mots de cet oracle,
Quoiqu'obſcurs toutefois, m'ont offert ce moyen;
Je n'y trouvais qu'un ſeul obſtacle,
Mon fils... mais me venger étoit mon premier bien.
L'oracle s'accomplit, de l'Amour déſarmé
Votre fille a ſenti les armes,
Et ce même Amour enflâmé
Eſt obligé de céder à ſes charmes.
L'Innocence a vaincu mon fils,
Mon fils a vaincu l'Innocence,
Que tous les deux conſervent leur puiſſance :
Uniſſons-les.

L'AMOUR

Mes vœux ſont accomplis!

VENUS.

C'eſt l'Amour qui le dit, & vous devez l'en croire.

MINERVE.

L'Amour eſt-il ſincere?

VENUS.

Ah, lorſqu'il eſt ardent,
Lorſqu'il aime après la victoire,
Il eſt alors & ſincere & conſtant.

MINERVE.

A la beauté la plûs fidéle,
Sa naiſſance ſouvent annonce ſon cercueil ;
L'Amour prend par un coup d'œil,
L'Amour quitte par un coup d'aîle.

L'AMOUR.

Non, pour toujours je perds ma liberté,
Ne craignez rien, l'Innocence a ces aîles,
Je les lui céde, & veux me priver d'elles,
C'eſt le garant de ma fidélité.

VENUS.

Rendez-vous. Faiſons plus, que ce jour nous raſſemble.
Finiſſons un combat pour nous trop dangereux ;
L'une & l'autre l'honneur des cieux,
Nous ſommes, toutes deux, faites pour être enſemble,
Nous avons le même avantage
A nous réunir déſormais,
La Sageſſe à Venus donne de nouveaux traits,
Et ſon triomphe eſt d'être ſon ouvrage.
Avec l'Amour faites auſſi la paix,
Admettons-le chez nous, il diſſipe, il amuſe,
Il eſt bon, ce n'eſt qu'un enfant ;
Mais on le gâte, & trop ſouvent
On doit ſe reprocher le mal dont on l'accuſe.
C'eſt le plus beau préſent des Dieux ;
Il fait moins de malheureux,
Et plus de bien qu'on ne penſe.

Que ſans s'écarter de vos yeux,
Il ſoit conduit par l'Innocence,
Il ſera ſuivi du bonheur.

L'INNOCENCE.

Je le ſens déja dans mon cœur!
Voilà, voilà ce trouble que j'ignore

MINERVE.

Regne, Fils de Venus, je te céde à mon tour;
La Sageſſe elle-même embellira ta Cour.

L'AMOUR.

Regner, hélas, le puis-je encore!
Que dites-vous? il n'eſt plus en mon choix,
Quand vous paraiſſez, d'être maître.
Ah, regnez plutôt toutes trois;
Que tout ſoit ſoumis à vos loix,
L'Amour ſe fait gloire de l'être.

FIN.

www.ingramcontent.com/pod-product-compliance
Ingram Content Group UK Ltd.
Pitfield, Milton Keynes, MK11 3LW, UK
UKHW020503230726
13925UKWH00005B/2080